I0811685

Ricitos de Oro y los tres osos

Recontado por Logan Avery

Ilustrado por Tom Bonson

Encontré una casa.

¡Está perfecta!

Encontré comida.

¡Estaba perfecta!

Encontré una silla.

¡Estaba perfecta!

Encontré una cama.

¡Está perfecta!

¡Encontré unos osos!

¡No estaba bien!

Créditos de publicación

Rachelle Cracchiolo, M.S.Ed., *Editora comercial*
Nika Fabienke, Ed.D., *Directora de contenido*
Véronique Bos, *Directora creativa*
Shaun Bernadou, *Directora de arte*
Stephanie Loureiro, *Editora asociada*
Caroline Gasca, M.S.Ed., *Editora superior*
Jess Johnson, *Diseñadora gráfica*

Créditos de imágenes: Ilustraciones de Tom Bonson.

Library of Congress Cataloging-in-Publication Data

Names: Avery, Logan, author. | Bonson, Tom, illustrator.
Title: Ricitos de Oro y los tres osos / recontado por Logan Avery ; ilustrado por Tom Bonson.
Other titles: Goldilocks and the three bears. Spanish
Description: Huntington Beach, CA : Teacher Created Materials, [2020] | Audience: Grades K-1.
Identifiers: LCCN 2019052011 (print) | LCCN 2019052012 (ebook) | ISBN 9780743927918 (paperback) | ISBN 9780743928069 (ebook)
Subjects: LCSH: Spanish language--Readers.
Classification: LCC PC4115 .A7835 2020 (print) | LCC PC4115 (ebook) | DDC 468.6/2--dc23

This book may not be reproduced or distributed in any way without prior consent from the publisher.

TCM Teacher Created Materials
5301 Oceanus Drive
Huntington Beach, CA 92649-1030
www.tcmpub.com

ISBN 978-0-7439-2791-8

© 2020 Teacher Created Materials, Inc.